KB116292

구월의 범섬

책 만 드 는 집
시인선 184

구월의
범섬 허경심 시조집

책만드는집

누렁이가 마당을 어슬렁거린다. 어머니는 볕 쬐는 며느리 등에 대고 지난날을 하나씩 꺼내놓으신다.

이야기를 듣다가 졸다가 반복하면서 유년의 할머니 댁 마당에 서 있었던 아홉 살 아이와 마주했다. 자기를 따스하게 안아주는 빛이 좋아 한동안 서 있었던 아이.

사십 년 전 그 볕이 다시 내게로 왔다. 내 기억의 마당을 지켜주었던 돌담, 텃밭, 풀, 바람, 그리고 할머니와 소중한 가족, 함께 길을 걷고 있는 모든 분들께 감사드린다.

누렁이가 내 앞에서 숨을 고르다 또다시 마당을 어슬렁거린다. 마당 가득 볕이 한창이다.

2021년 가을
허경심

| 차례 |

1부 창 열기를 잘했어

2부 구월의 범섬

3부 흰죽과 간장 종지

4부　계절 우려내기

1부

창 열기를 잘했어

하르르

하르르
쏟아져 내린
봄 햇살이 눈물겨운

두 손 포개놓고 벚꽃 길로 뻗친 하늘

전농로
사랑의 터널로

오픈카가 지난다

처음 본 낱말을 껴안고

가지 끝
이슬방울이
내가 찾던 낱말 같아

우리 집
뒷베란다
키 작은 목련나무

겨우내
까치발 들어
손 내밀고 서 있네

낮부터 쓰던 글을
밤까지 끌고 와서

뒤척이던 머리맡에

마무리 못 한 이 밤

처음 본
낯말을 껴안고
잠이 들고 말았지

떡잎

흙 덮인 화분 속에 아무 일 없다는데

물 주고 쳐다보고 또 한 번 바라보고

기다림 순간만으로 내 일기가 푸르다

아침에 안부 묻고
다시 또 저녁 인사

말없이 기다리는
셋째의 발걸음에

차라리 관찰일기를
제가 쓰고 싶단다

마스크 빨간 조끼

마스크

빨간 조끼

오토바이 달려간다

체감온도 사십 도시

팔월 중순

그 길 위에

참 착한 집배원 모습이

우리 동네

꽃이다

창 열기를 잘했어

달
　빛
　　이
창 앞에 와
　소리 없이
　　노크하네
우리 집 귀뚜라미
　머리맡에 들어와
　늦도록 가을의 수다
　밤을 함께 새웠지
　구월엔 달빛까지
　나에게 말을 거네
　유년의 돌담 너머
　자꾸만 기웃대던
전설 속 계수나무에
　속마음을
　전
한
다

미술관 창밖으로

젖먹이
옹알옹알
새싹들 키우는 봄비

예쁜 쌍꺼풀이
감고 뜨는 연못 위로

잠을 깬 버드나무도 잔가지를 내린다

비디오 초록 필름
반복 재생 하는 봄비

크고 작은 동그라미 웃으며 닮아가는

무수히
작은 평화가 무늬지는 이 연못

마침내 겨울 가지에
초록빛이 나돌며

장화 신은 농부들의 발걸음 바빠지고

돌담 위
고양이 한 마리
제 발길을 옮긴다

솔잎 끝에 보름달

흩어진
머리 다발
보자기에 눕혀놓고

밤이슬 방울방울
솔잎 끝에
맺힐 때

그제야 배꼽 보이며
떠오르는
보
름
달

마흔 살 원고지에

'사물에게 말 걸기'
이십육 번 제목 달고

수정, 저장, 반복하는
내 마음의 썰물 밀물

또다시 화면 속으로 내 하루가 저문다

오늘도 창을 넘어
흘러드는 이야기에

내 집 앞 느티나무
새싹들이 부러운 날

마흔 살 원고지 칸칸에 또 한 잎을 포갠다

날실과 씨실 사이

바늘이 다니는 길

날
실
과 씨실 사이

바늘의 그림자 따라

살금살금 걷는 마음

오늘도 외줄 타기로

자꾸 비틀거린다

가을 시

사라진 꿈들에게 안부를 전해주는

우리 집 아파트 화단 뿌리 내린 잡초 사이

두 날개

초록 딱지의

귀뚜라미 산단다

잔디풀 이슬 속으로 세상 구경 떠났던

평상 위 누워보던 그 소녀를 찾고 싶어

합주회

막 끝낸 시각

귀뚜라미 혼자 운다

자스름* 가는 길

팔월과 구월 사이
종이
한
장
경계선에

갓길의 코스모스 풀잎과 어울리고
바람이 지나간 자리
가을 향이
묻어와

춥지도
덥지도 않은 그 길
함께 걷고 싶어

"또르 또르 또또르르"

건반 위 실선 타고

차창 밖 귀뚜라미 소리
나를 바짝
조
른
다

* 서귀포 상예동 마을 내 잣오름 주변 동네.

보성시장 소보로빵

엄
　　마
　　　　등
　　　　　　베개 삼아

눈 감고 듣던 소리

동화책
　　　　　기
　　　　　　　찻
　　　　　　　　　길
　　　　　　　　　　에

칙칙폭폭 가는 소리

잘 구운 소보로빵이

엄마처럼 좋았다

능소화

동네 돌담 넘어가던

해가
잠시
머문 자리

바람 끝

별 하나 달고
달이 잠시 머문 자리

어머니
기다리다가
물이 들어 핀 자리

납읍 마을에는

납읍리 숲속에선 리허설이 한창이다 오선지 제 자리에 친구 둘 나란히 앉아 "휘리릭!" 휘파람새가 화음 서로 맞추며 한 발 딛는 그 자리에 목소리 고운 소리 두 발 딛는 그 자리에 "뻐뻐꾹" 봄의 소리 꽃들도 새소리 따라 줄기 더욱 세우며 제 소리 얻기 위해 그만큼 또 비웠겠지 가만히 내려와서 훔쳐 듣는 저 이정표 숲속의 모든 소리가 제 자리를 찾는걸

2부

구월의 범섬

숲 터널을 지나며

이 길을 지나가면 바다 볼 수 있을까
서귀포 넘어가는 한라산 횡단도로
숲길이 깊어질수록 안개 더욱 짙어져

스무 살 나의 길도 안개처럼 자욱했지
삼월 초 고지대에 잔설처럼 남아서
오르막 눈앞에 두고 주저앉고 싶었지

알았어,
터널이란 오래 가지 않는 것을
백미러 담긴 기억 반대편으로 흐르는 지점
낯익은 푯말 친구가
말을 건다,
나에게

이월 떡잎

그래,
산다는 건
껍질 벗는 일인 거야

더듬이
호흡마다
눈금 한 줄 올려놓으며

수천 번 헛발질 끝에
희미하게
오는
봄

고향 별

아이가 바다 향해 "할아버지!" 부를 때면

초저녁 수평선에 꽃씨처럼 피어나던

서귀포

바다 가득히 별빛들이 참 고와

초가집 추녀 끝에 반딧불이 내려오고

손 맞춰 뛰어놀던 단발머리 아홉 살 소녀

이제는 그 눈 가득히 고향 별이 뜨네요

엄마의 뿌리

삼백 평 하우스로

사 남매 키우시던

새벽이면 발소리가

과수원 곳곳을 깨우고

어머니 장화 발길에

비켜 피는

민들레

노인과 휘파람새

"휘이익" 새소리가 조각배에 앉은 오후

낚싯줄 움켜잡은 발가락이 야윈 오후

길 잃은 휘파람새가 가쁜 숨을 고른다

"이번 여행이 처음인가" 말 건네는 산티아고*

바다에선 누구나 친구가 된다는 걸

눈 한번 맞추고 가네 세상 바다 속으로

* 헤밍웨이 『노인과 바다』 주인공.

배나무 그늘에서

어머니 다섯 평 마당 낯익은 여름 풍경

구름과 구름 사이 비치는 귀한 햇살처럼

금잔디 올레 마당에 발걸음이 바쁘다

눅눅한 마늘들이 볕을 향해 돌아눕고

하루의 고집 같은 어머니의 주름처럼

십 년 전 걱정스럽던 배나무가 자란다

여름 전정

때늦은 여름 순에

발걸음 바빠진다

어머니 가위 들고

가지를 당겨내며

귤나무,

한 그루

두 그루

하루 종일 가꾼다

어머니 일기장

이백 평
우영 텃밭은
어머니 일기장 같다

예래동
여름 한낮
초록 물이 잔뜩 오른

아침상 풋고추 식구 가지런히 놓였고

아삭아삭
여름 반찬
그 풋풋한 낙서처럼

가지 상추
오이 부추

연년생 손주처럼

어머니 초록 글씨가 텃밭 가득 자란다

하현달

어부와 어부의 아들

두고 떠난 넝마의 돛

나침반 없이도

오두막을 찾아갔네

조각배

빈 몸을 끌고

창밖에 와 걸렸네

마놀린* 이야기

멕시코 만류에는 바다 닮은 노인이 있어

야위고 초췌한 모습 빈 배처럼 쓸쓸한 노인

그 눈빛 바다를 닮아 별 하나를 키웠지

출어의 횟수만큼 나이테를 키웠지만

이제 저 혼자서 주름살도 지워진 바다

그때 그 휘파람새가 노인 그려 운다지

* 헤밍웨이 『노인과 바다』 등장인물.

구월의 범섬

노을빛
구월 바다
떠난 이의 뒷모습 같다

세워둔 오토바이
제 주인을 기다리고

내 가슴
이름표 하나
얹어두고 가셨다

아버지 가신 날로
서른일곱 번
저문 바다

한 겹

두 겹
억새꽃이 다시 또
피고 지고

서둘러 수평선 넘으신
섬
하나가
빛
난
다

할아버지 바다

산남 구월 바다에 갈치 굽는 냄새가 나
화로 속 노을들이 타다가 남은 잿빛
또다시 태양을 품어 그 안으로 들고파

할아버지 두 손에서 비릿했던 바다 내음
숯불로 구워내던 시간의 뼈를 바르고
오늘은 어느 뱃전에서 찌를 찾고 계실까

등 굽은 팔십사 년 남루했던 돛폭에도
초가을 미풍 끝에 입질하던 갈치처럼
은회색 지느러미가 살아 꿈틀거린다

할아버지 천장에는 수심 모를 바다가 뜬다 꼬불꼬불 섬
사이로 노 저어온 생의 항로 칠십 리 서귀포 바다가 노을
처럼 늙는다

노환의 병세에도 고기 낚던 손길처럼 검버섯 무늬마다
희끗희끗 피던 억새 팔십 년 천장 벽지가 따라 흔들거리던

　　얼룩진 벽지 위로 단풍처럼 물드는 바다 늦도록 올려다
본 하늘 한 조각 내려와서 까마득 수평선 끝에 흰 돛폭을
세운다

소라게

그래서 아버지가 일찍 돌아가셨나
내 엄지발가락이 검지보다 짧아서
유년의 파도 소리는 안으로만 숨었지

혼자서 노는 하루 수평선이 참 길었지
썰물 녘 조약돌을 잡았다 놓았다가
엄지와 검지 사이로 어루만지던 시간

갯무꽃 흐드러진 서귀포 범섬 바다
둥글게 등 굴리고 물속을 드나들던

소라게 오늘도 다시
제 껍질을
벗는다

가을 택배

여름볕 기운 마당

참깻단

터지는 소리

누렁이 젖가슴은

가을볕 풍년이다

어머니 부채 소리에

누렁이도

잠들어

3부

흰죽과 간장 종지

소리를 훔치다

느티나무 잔가지에
젖니 가려운 소리

햄스터 톱밥 사이
햇살 틔우는 소리

막내딸,

휘
파
람을 부네

싹이
또
트려나 보다

동백동산 곰 세 마리

겨울의 잔해 밟고
봄이 다가오는 소리

선흘 동백동산에
꼭꼭 숨어 있던 꽃들

하나둘
숲길로 나온
발자국이 닮았다

허파가 터지도록
들이쉬던 봄의 냄새

누가 이 원시림에
첫발을
디뎠을까

첫봄 길,
아이 셋이랑
동백 길을 걸었다

참새 부부

아직은 신혼 초라

할 말이 저리 많다

해 뜨는 창문 가득

날갯짓이 가벼워라

장미는 햇살을 받아

저 혼자서

빨갛다

흰죽과 간장 종지

연휴 이틀째 낮잠에 든 느티나무
이 층 베란다에 그늘 반쯤 드리우고
바람에 몸을 흔들던 잎새들의 숨소리

올봄 시작해서 작심삼일로 끝낸 일기
관찰일기 주인공이 나처럼 게을러진
이 동네 나른한 봄을 확성기가 깨운다

열감기 걸린 딸이 먹다 남긴 흰죽 사발
어젯밤 주고받은 너와 나 이야기처럼
그 옆의 간장 종지가 못내 쏟은 진실 같다

반바지 스쳐 가는 오월 여린 손길이
수족관 금붕어의 지느러미가 예쁜 오후
회색빛 연휴 풍경이 종이 위에 눕는다

봄 맞추기

검정색 크레파스
돌담을
색칠하고

노란색
수채화로
하루를 채워간다

바람도
제 색을 찾아
숨
바
꼭
질
하는 중

봄비

경계를 넘어선 봄
마당엔 촉촉한 비

무심코 내려다본
시멘트 바닥 위로

촉
촉
이

목련 꽃잎이
홀로 젖고 있었다

구구단을 외는 봄

구
구
단
외운다고
수학책 읽는 아이

삼
칠
이십일

삼
팔
이십사

눈꺼풀을 내리는 아이

창밖의 산비둘기가

구

구

구

외운다

황색 물감 꼭꼭 찍으며

이제는 꼿꼿해진 억새를 바라보며

곤두선 줄기 사이로 비켜 가는 바람이듯

고개를 내밀었구나 봄으로 가는 길에

세필 붓 올려놓고 황색 물감 꼭꼭 찍으며

웃음꽃 가득하던 초록빛 여고 시절

그곳에 내가 왔구나 유채꽃을 달고서

새순들이 아이 같다

아파트 놀이터의

새순들이 아이 같다

조팝나무 실가지에

줄을 지어 나서는 봄

바람도 그네를 탄다

하하 호호

봄이다

'이 – ' 하고

젖니를 뽑아 들고 지붕 위로 던졌더니

이슬에 몸을 씻고 초여름에 돋는 간니

"이 – " 하고

둘째 녀석이 거울 앞에 웃는다

잎사귀 길을 내며 봄이 다가오는 소리

병아리 교실에서 병아리처럼 웃음 달던

연둣빛 햇살 조각을

입에 물고 있었다

물구나무서기

열두 살 막내딸과

수목원 오르는 날

바닷빛 닮은 아이

거꾸로 매달린 날

동그란 하늘을 품고

깔깔대며

웃 는 날

주전자

결혼 이십삼 년
끓인 물을
또
끓인다

결혼 이십삼 년
잡은 손을
또
잡는다

따스한 시월의 햇살

잘 우려낸

보리차 같다

양말은 무슨 색

발바닥 때가 전 큰아이 발목 양말

비비고
　　　또 비비고
비비고
　　　또 비비고

사춘기 때 섞인 거품이 빨래판에 흐른다

부엌의 소리

평생을 일구었던 어머니 다짐처럼

하루의 숨쉬기로 이곳은 분주하다

묵묵히 아침을 삼킨다

아무 일도

없는
.
.
.
듯

아파트 귀뚜라미

맥주잔 기울이듯 구월이 넘어가네
한 모금 간격에서 그리운 너와 나는
촉수를 더듬거리며 가을밤을 굴렸지

도시 하늘 별들에게 안부를 전하는 밤
각진 콘크리트에 숨어 살던 메아리야
두 날개 그 틈 사이로 초승달도 뜨겠지

밤새워 오르내리는 십삼 층 높낮이에
불 꺼진 창문 가까이 내 꿈에 다가와서
주파수 안부 물으며 가을밤을 비빈다

　우리 아파트에 귀뚜라미 깨어 산다 "귀뚜 귀뚜 귀뚜 귀
뚜" 그들만의 언어로 하나둘 오르내리며 자꾸 말을 건넨
다 우리 아파트에 귀뚜라미 숨어 산다 천장 위 절뚝거리
는 아저씨 발자국 따라 가만히 숨을 고르며 귀뚜라미 산
단다

4부
계절 우려내기

오월에

빈자리 변함없이
나를 위해 피고 졌던

출근길 접시꽃이
나에게로 다가온 날

가만히 손 내밀었지,
혼자 가지
말
라
고

무꽃, 어느 날

아무도
몰래몰래
부엌 창으로 놀러 와

주저리
주절주절
나에게 말을 건다

보랏빛
하루의 수다가
꽃대궁에 올랐다

봄 햇살 물이 들어
까르르
피는 아침

나도 따라 웃을까
나도 따라 웃을까

아무도 되묻지 않아
그냥 웃는
어느 날

무단 침입

칠월의 잎맥마다 저 선명한 삶의 공식

갓 헹군 상추 위에 초대 없이 묻어와

우리 집 아침 식탁에 민달팽이 오른다

귤꽃

초여름 부엌으로

초승달 들어선다

키 낮은 돌담 너머

노을 진 능선 너머

일곱 살 하얗게 웃는

달무리가

환하다

억새 오는 계절에

산자락 꿈을 꾸던
　　　　억새들이
　　　　　내려온다

하얗게 농로를 지나 해변으로 가는 가을

서귀포 산남 바다가 온통 억새밭이다

낙엽

아침을 먼저 쓸까

저녁을 먼저 쓸까

핑그르 잎 진 자리

또 한 잎이 쌓이면

가을은 시간을 허물며

내 안부를

묻는다

버려진 우산 위로

이월의 저문 길가 길 잃은 검정 우산

혼자 뼈 추스르는 쓸쓸한 저녁 무렵

우리들

    시선 따라서

        눈송이가 내린다

코스모스

한낮의 열기 식히려

산간마을 가는 길에

웃음 핀 아이들이

갓길에 나와 있다

열다섯

빨강 노랑 파랑

머리핀이

예쁘다

계절 우려내기

바닷물 해초 사이 물결 따라 밀려 나온
멸치 떼 빛살들이 바다를 쏙 닮았다
조반국 냄비 올리고 불을 켜는 이 아침

살점 사이 빠져나온 잔가시가 유난히 곱다
한 치 오차도 없이 다도해가 빚어 올린
시간의 하얀 눈금이 참빗처럼 빛난다

다듬어진 멸치를 냄비 속에 넣자마자
퍼졌던 기포들이 겨울로 모여든다
완도산 계절의 변주 국사발에 풀린다

사진 한 장
－제주 4·3평화공원에서

옆 동무 어깨에 머리를 받쳐놓고
등에 업은 동생 그 울음도 받쳐놓고
길 잃은 풀꽃도 와서 기댈 곳을 찾는다

처음 본 사진기를 신기해 바라보던

사진 속
그 아이가　　자기를
가리킨다

장난기 가득한 얼굴 감춰뒀던 저 미소

할머니 마당에는 민들레가 한창이다
그때 그 민들레는 아직 어디 피었을까
돌아선 사월 하늘이 더욱 붉게 타오르네

느티나무 이력

계약직 정규직에 발길이 멈춰 서고

이력서 한 줄에 숨소리가 잦아드는

올겨울 제출 서류가 눈송이로 쌓인다

내 마당 느티나무 오늘도 출근한다

바람과 햇살 따라 하늘을 안아버린

제 마당 이력서 한 칸을 오늘 내가 채운다

퇴근길

화요일 퇴근길에 창 가득 아이들 얼굴
눈이 큰 송이송이 내 화단 작은 꽃들
올겨울 첫눈 앞에서 함께 춤을 추겠지

차창 밖 노을 길에 번져가는 리듬 따라
한 손으로 핸들 잡고 한 손으로 이마를 쓰는
연북로 내려온 하늘에
별도 따라 내린다

자극과 반응 사이, 남다른 측면 접근

고정국 시인

팬데믹 시대에

코로나19 초기, 이웃 약국에서 마스크를 샀습니다. 마스크를 착용하고 거울 앞에 서서 나의 모습을 보았습니다. 코와 입이 가려지고, 눈과 귀가 거울 속에서 나를 오래도록 바라보고 있었습니다. 그때 나를 향해 있던 눈과 귀를 잊을 수가 없습니다. 단순히 보건위생 차원이 아닌, 이제 비로소 코와 입을 막고 새롭게 세상 밖의 언어에 귀를 기울이고, 타인의 눈으로 나의 모습을 똑바로 바라보라는 거울 속 자성의 목소리를 듣게 되었습니다. 마침내 이 시대가 전하는 '절제' '배려' '희망'이라는 낱말이 가슴속에 각인되고 있었습니다.

이와 때를 맞추어 짤막한 시조 한 편이 다가왔습니다. 등단 전에 이미 천자문시조 쓰기, 관찰시조 쓰기 등의 과정을 거치면서 시력과 어휘력, 거기에 상상력까지 두루 갖춘 신인 허경심의 낮은 목소리가 귓전에 들려왔습니다.

마스크

빨간 조끼

오토바이 달려간다

체감온도 사십 도시

팔월 중순

그 길 위에

참 착한 집배원 모습이

우리 동네

꽃이다
　－「마스크 빨간 조끼」 전문

이 작품을 대하는 첫 느낌은 다름 아닌 '뜻밖의 기쁨'이었습니다. 마스크, 빨간 조끼, 오토바이, 체감온도, 사십 도시, 집배원, 우리 동네 등의 어휘들이 알맞게 제자리에 놓이면서 마치 '오늘'이라는 제목의 사진 한 장을 보는 것 같았습니다. 이 「마스크 빨간 조끼」라는 마흔다섯 글자 내외 단시조 속에서 코로나 팬데믹 시대를 사는 우리 모두의 이야기를 읽습니다.

마스크를 착용하고 갖가지 제약의 시대를 살아가는 우리 모두의 이야기, 무더위 속에서 방역 업무 최전방에 나가 몸을 아끼지 않는 의료 요원들의 모습, 배달 업무에 쓰러져 과로사로 세상 떠난 집배원 소식, 밤낮없이 오토바이 곡예 운행을 해야 하는 음식 배달 기사들의 기진맥진해진 모습을 떠올려 봅니다.

그리고 오늘 허경심 시인의 「마스크 빨간 조끼」에서 참으로 오랜만에 '나'가 아닌 '우리'를 생각해 봅니다. "참 착한 집배원 모습이/ 우리 동네/ 꽃이다"라고 쓸 수 있었던 허 시인의 또 다른 일면을 만났습니다.

자극과 반응 사이

담배를 즐겨 피우는 여인이 있었습니다. 그 여인은 부득이 담배를 끊지 않으면 안 되었습니다. 그녀가 키우던 앵무새가 계속 기침을 했기 때문입니다. 그녀는 자기가 담배를 너무 많이 피웠기 때문에, 그 연기로 인해 앵무새가 기침을 하게 되었다고 생각했습니다. 그녀는 앵무새를 차에 싣고 동물병원에 갔습니다. 동물병원 의사는 앵무새를 진찰한 결과 앵무새에게는 아무런 이상이 없다는 것을 알았습니다. 그리고 앵무새의 기침은 담배를 심하게 피우며 잔기침을 하는 그 주인의 기침을 흉내 내고 있던 것이었음을 알았습니다.

우리가 쓰는 시조라는 장르에는 한 가지 커다란 함정이 있습니다. 바로 3장 6구 12음보의 틀에 글자 수만 맞추면 곧바로 시조가 된다는 착각입니다. 제목과 초·중·종장의 역할과 전개 등의 유기적 관계를 무시한 채, 오로지 초·중·종장의 틀에 그 '천편일률적인 귀거래사, 자연 예찬, 향토정서' 등의 나열로 끝마치는 사례들을 너무 많이 보아왔던 필자로서 담배 피우는 여인의 기침 소리 흉내를 내는 앵무새와 연결해 시조의 오늘을 생각해 보았습니다.

제주시 애조로와 1100도로가 교차하는 지점에 한 미술관이 있습니다. 시인은 그 미술관을 관람하고 의자에 앉아 미술관 창밖에 있는 연못을 바라보고 있었던 것 같습니다. 그때 그 연못 위로 봄비가 떨어지며 또렷또렷 예쁘게 쌍꺼풀을 그려내고 있습니다.

빗방울이 수면에 떨어지는 순간을 자연이 건네는 '자극'이라고 한다면, "예쁜 쌍꺼풀"로 자연에 화답하는 시인의 '반응'이 예사롭지 않습니다. 이처럼 자극과 반응 사이 그 지극히 짧은 진공상태에 끼어드는 것이 어쩌면 영감靈感이 아닐까 싶습니다.

젖먹이
옹알옹알
새싹들 키우는 봄비

예쁜 쌍꺼풀이
감고 뜨는 연못 위로

잠을 깬 버드나무도 잔가지를 내린다

비디오 초록 필름
반복 재생 하는 봄비

크고 작은 동그라미 웃으며 닮아가는

무수히
작은 평화가 무늬지는 이 연못

마침내 겨울 가지에
초록빛이 나돌며

장화 신은 농부들의 발걸음 바빠지고

돌담 위
고양이 한 마리
제 발길을 옮긴다
　－「미술관 창밖으로」 전문

　처음 시조를 쓸 때는 하나의 대상에 제목을 정하고 그 제목
을 설명하는 게 고작입니다. 이 단계를 정면 접근이라 한다면,

어느새 한 대상의 그 표면에 가려져 있는 아름다움을 찾아내고
는 측면, 후면 접근 등의 다양한 방식으로 다가가는 모습을 해
설을 의뢰받은 작품 전편에서 발견하였습니다.

　떨어져도 사뿐히 일어서는 고양이처럼, 처음에 그냥 스치고
지나갔을 법한 숱한 대상 또는 체험에서 하나의 언어가 아닌,
백 가지 모습과 아름다움 그리고 그와 관련된 낱말들을 발견해
낼 수 있다는 가능성을 볼 수 있었습니다.

　이처럼 가능성 발견의 기간 동안엔 휴식이 없습니다. 습작기
에는 연속되는 기대감만큼 긴장감이 떠나지 않기 때문입니다.
그런 기대와 두려움, 그때 떠오른 영감과 시어들을 쓰다듬다
잠들었던 시인의 체험담을 읽습니다.

　　낮부터 쓰던 글을
　　밤까지 끌고 와서

　　뒤척이던 머리맡에
　　마무리 못 한 이 밤

　　처음 본
　　낱말을 껴안고
　　잠이 들고 말았지

－「처음 본 낱말을 껴안고」부분

　시인은 눈앞에 다가온 대상과, 이에 알맞은 낱말과의 만남 과정을 성사시키는 중매 역할을 하는 존재입니다. 여기에서 뒷 베란다 쪽에 까치발로 서서 봄을 기다리는 목련나무에 자신을 병치시키면서 "처음 본/ 낱말을 껴안고/ 잠이 들고 말았지"라고 고백하는 시인의 모습이 귀엽습니다.

　　흙 덮인 화분 속에 아무 일 없다는데

　　물 주고 쳐다보고 또 한 번 바라보고

　　기다림 순간만으로 내 일기가 푸르다
　　－「떡잎」부분

　하늘은 나무 이파리에게 필요한 만큼의 빛과 물과 바람 이외엔 주지 않습니다. 사람들은 세상에서 제일 깍쟁이가 바로 자연이라는 사실을 잘 모릅니다.
　"물 주고 쳐다보고 또 한 번 바라보고// 기다림 순간만으로 내 일기가 푸르다"처럼 관찰일기 도중에 어느새 자기 내면으로 들어온 화분 속 호박 떡잎과 동화되면서 초록으로 변해가는 떡잎과 들숨과 날숨을 나누고 있습니다. 그리고 어느새 그 떡잎이 "차라리 관찰일기를/ 제가 쓰고 싶"다고 할 만큼 화자와 관찰 대상인 호박순 떡잎의 관계가 몰라보게 발전하고 있네요.

일반적으로 시인이나 작가를 지망하는 경우에 한층 더 강화된 감수성 훈련 과정을 겪기 마련입니다. 이때 개인의 감정 표현은 대부분 자연에 의존하고 자연 속에서 내면의 상형문자를 읽습니다. '자연' '체험' '언어'라는 서정의 트라이앵글은 시인이 지니고 다니는 고품격 타악기라는 사실을 알기 때문입니다. 인식의 폭이 깊은 사람들은 시인이 되기 이전에 이와 같은 서정성의 그릇 갖추기에 전념할 수밖에 없겠지요.

가능성이란 씨앗과 같습니다. 물기 머금은 토양 속에 떨어진 씨앗이 어떻게 휴식을 취할 수 있겠습니까. 이 씨앗은 새로운 탄생에 대한 두려움이 가득할 것입니다. 과연 내가 싹틀 수 있을까. 아니면 떡잎을 펼쳐보지도 못한 채 말라 죽지나 않을까. 씨앗의 내면에는 꽃을 피우고자 하는 열망과 기대가 가득 차 있습니다. 밤마다 씨앗은 불면으로 뒤척이고 있기 마련입니다.

자연의 법과 질서는 그야말로 자연스러운 것이어서, 살아 있는 것 바로 옆에 죽은 것을 눕히고, 착한 것 옆에 모진 것을 세우고, 암컷 옆에 수컷을 세우고, 사랑 옆에 미움을 준비하고, 어둠 속에 빛을 감춰놓고, 슬픔 옆에 기쁨을 대기시킵니다. 그래서 무생물이 생물로 재활용되고, 슬픔이 기쁨으로 재활용되고,

어둠이 빛으로 재활용됩니다.

자연은 인간 모습의 대명사이면서 내면세계의 상형문자입니다. 하늘의 축약된 모습이고 진실의 비밀 금고라 할 수 있습니다. 이처럼 가장 자연스러운 정신의 형태야말로 그 자연을 가슴에 영접하고 있는 마음가짐인 것입니다.

맥주잔 기울이듯 구월이 넘어가네
한 모금 간격에서 그리운 너와 나는
촉수를 더듬거리며 가을밤을 굴렸지

도시 하늘 별들에게 안부를 전하는 밤
각진 콘크리트에 숨어 살던 메아리야
두 날개 그 틈 사이로 초승달도 뜨겠지

밤새워 오르내리는 십삼 층 높낮이에
불 꺼진 창문 가까이 내 꿈에 다가와서
주파수 안부 물으며 가을밤을 비빈다
  −「아파트 귀뚜라미」 부분

허경심은 그 과정을 거쳐낸 제주도 내 몇몇 시인 중의 한 사람입니다. 서정의 그릇을 갖추는 것이 곧바로 시인의 첫걸음임을 알기에 허경심의 시조에서 과감하게 아파트 계단으로 자연을 끌어들이는 남다른 접근법을 감지해 낼 수 있습니다.

흰죽과 간장 종지

시조에서 시어와 리듬은 자석의 N극과 S극과 같습니다. 만물 속에 존재하는 자장磁場의 질서로 서로를 밀고 잡아당기면서 한 줄의 장章을 이루어냅니다. 그리고 그 문장 속에 현실적 삶의 이야기가 녹아들어 있습니다.

문학, 특히 시조는 현실을 벗어나선 존립할 수 없다고 생각합니다. 허경심의 노래는 어느 것 하나 삶의 이야기가 아닌 것이 없습니다. 이처럼 현대인들의 체험에서 몸속으로 녹아든 것이야말로 현대인들의 정서가 아닐까 싶습니다. 그게 바로 허경심 시조의 주조主潮라 할 수 있습니다.

결혼 이십삼 년
끓인 물을
또
끓인다

결혼 이십삼 년
잡은 손을
또
잡는다

따스한 시월의 햇살

잘 우려낸

보리차 같다
  －「주전자」 전문

  주전자라는 일상 용기를 통해 결혼 23년째 가족 사랑을 이렇게 진솔하게 표현하고 있습니다. '어루만짐'이라는 사물들과의 소통 방식으로 주전자를 대하면서 은근슬쩍 부부간의 사랑을 내보이는 시작 태도가 때로는 얄밉기도 합니다.

  봄철 과수원에 거름을 주면 그 귤나무에는 거름이 아닌 달콤한 귤 열매가 달립니다. 그 이유가 무엇일까요? 바로 거름을 귤 열매로 변모시킨 귤나무 노력의 결과입니다. 학교에서 공부하고 책에서 읽은 것은 지식 차원에서 머리에 저장됩니다.

사물의 1차 묘사는 쓰는 이로 하여금 눈앞에 다가온 대상에 대한 정직성을 요구하기 마련입니다. 이론적인 지식이 많다 해서 그 지식과 묘사력이 비례한다고는 할 수 없습니다. 책과 학교에서 배운 '지식'과 소소한 체험에서 발육된 '앎'의 차이점에서 이미 접근 방식이 달라진다고 봐야 할 것 같습니다.

　　올봄 시작해서 작심삼일로 끝낸 일기
　　관찰일기 주인공이 나처럼 게을러진
　　이 동네 나른한 봄을 확성기가 깨운다

　　열감기 걸린 딸이 먹다 남긴 흰죽 사발
　　어젯밤 주고받은 너와 나 이야기처럼
　　그 옆의 간장 종지가 못내 쏟은 진실 같다
　　 － 「흰죽과 간장 종지」 부분

　　사춘기 자녀를 둔 엄마의 이야기가 아주 진솔한 목소리를 낳고 있습니다. 열감기로 자리에 누운 딸아이의 머리맡에 엄마가 끓여 갖다 놓은 흰죽 사발과 그 옆에 놓여 있는 간장 종지가 "어젯밤 주고받은" "이야기"보다 더 많은 이야기를 독자들에게 전해주고 있습니다.

시인의 바다

우리는 일상을 살면서 살갗으로 체험하는 삶의 법칙이나 마음에 품는 어렴풋한 기억들이 한 시인이나 작가들이 쓴 작품에서 확연하게 다가오는 단계에서 바로 자아를 발견하곤 합니다. 우리의 인생이 삶의 모든 행위와 결과라는 엄밀한 고리에 의해 결정지어지는 것이라면, 체험과 언어의 만남에서 전혀 색다른 공존의 질서를 발견할 수도 있습니다.

충실하게 사는 삶, 미루지 않는 삶, 사랑하며 사는 삶이 우주의 질서에 순종하는 삶이고 우리는 비로소 마음의 자유와 평화를 얻을 수 있으리라는 것입니다.

체험이 겹치면서 경험을 이루고, 경험이 쌓이면서 삶이 되고, 삶이 쌓이면서 인생을 이룹니다. 그 인생이 세월을 건너고 그 세월의 강줄기가 이어지면서 역사의 강물을 만납니다. 어느새 서정의 호수에서 거대한 강줄기와 만나면서 한 인생의 대하를 이룹니다. 그리고 크든 작든 사람이든 동물이든 식물이든 미물들에 이르기까지 주변의 모든 대상들을 나와 고리 지으면서 거대한 대하의 물줄기를 이룹니다.

이 시집에서 만나는 삶의 단편들이야말로 너나없이 겪게 되는 아주 구체적인 면모를 그리고 있고 우리는 한 시대를 사는 사람들 삶의 단면과 만나게 됩니다. 한 개인의 잡다한 체험의 고리가 결국 구름과 가장 먼 곳 달과 별에까지 연결된다는 것을 한 작품 속에서 만납니다.

허경심 시인의 고향은 서귀포시 서호동으로 알고 있습니다. 고향 바닷가에서 배 타고 갈치잡이 나가신 할아버지를 기다리던 아홉 살 소녀는 수십 년 세월이 지나 다시 찾은 친정집에서 시인의 연대기와 같은 작품을 써냅니다.

아이가 바다 향해 "할아버지!" 부를 때면

초저녁 수평선에 꽃씨처럼 피어나던

서귀포

바다 가득히 별빛들이 참 고와

초가집 추녀 끝에 반딧불이 내려오고

손 맞춰 뛰어놀던 단발머리 아홉 살 소녀

이제는 그 눈 가득히 고향 별이 뜨네요
　－「고향 별」전문

　"서귀포/ 바다 가득히 별빛들이 참 고와"라는 첫 수 종장에
서 "이제는 그 눈 가득히 고향 별이 뜨네요"라며 40년 세월을
「고향 별」이라는 제목의 두 수짜리 시조에 아름답게 담아내고
있습니다. 그리고,

　노을빛
　구월 바다
　떠난 이의 뒷모습 같다

　세워둔 오토바이
　제 주인을 기다리고

　내 가슴
　이름표 하나
　얹어두고 가셨다

　아버지 가신 날로

서른일곱 번
저문 바다

한 겹
두 겹
억새꽃이 다시 또
피고 지고

서둘러 수평선 넘으신
섬
하나가
빛
난
다
　－「구월의 범섬」전문

산남 구월 바다에 갈치 굽는 냄새가 나
화로 속 노을들이 타다가 남은 잿빛
또다시 태양을 품어 그 안으로 들고파

할아버지 두 손에서 비릿했던 바다 내음

숯불로 구워내던 시간의 뼈를 바르고
오늘은 어느 뱃전에서 찌를 찾고 계실까

등 굽은 팔십사 년 남루했던 돛폭에도
초가을 미풍 끝에 입질하던 갈치처럼
은회색 지느러미가 살아 꿈틀거린다
　　　－「할아버지 바다」 부분

　고향 서귀포 범섬이 떠 있는 바다와『노인과 바다』의 멕시코
만의 바다가 만나면서 허경심 가족사와 헤밍웨이의『노인과
바다』가 연대를 맺고 있습니다.
　아홉 살 때 수평선 밖으로 떠나신 아버지에 대한 그리움이
마침내「구월의 범섬」으로 자리 잡고 있으며,「노인과 휘파람
새」에서 헤밍웨이의 노인인 산티아고를 만나고 있습니다. 어
느새 허경심 자신이 마치 산티아고 노인이 그토록 아꼈던 소년
즉 마놀린의 모습으로 떠오릅니다.

　자연 읽기, 고전 읽기, 역사 읽기, 자아 읽기 등 글 쓰려는 사
람이 갖추어야 할 필독 네 가지의 과정을 거치면서, 허경심은
헤밍웨이의『노인과 바다』를 세 번이나 필사한 것으로 알고 있
습니다. 그중 소설의 끝부분에 묘사된 부분을 암송하면서 눈

물을 글썽이기도 하는 그 연유를 이번 시집을 탐독하면서 알게 되었습니다.

"노인은 돛대를 떼어낸 뒤 돛을 둘둘 말아서 꼭 묶었다. 그런 다음 돛대를 어깨에 메고 걸어 올라가기 시작했다. 그제야 노인은 깊은 피로감을 느꼈다. (…중략…) 노인은 몸을 돌려 다시 올라가기 시작했다. 그러나 꼭대기에 이르렀을 때 그만 넘어졌고 어깨에 돛대를 멘 채 잠시 그대로 누워 있었다. 노인은 일어나려고 애를 썼지만 너무 힘들었다. 할 수 없이 그대로 어깨에 돛대를 멘 채로 주저앉아 길가를 바라보았다. 저 멀리 지나가는 고양이 한 마리를 멍하니 지켜보다가 다시 길가를 보았다. (…중략…) 소년은 노인이 숨을 쉬는지 확인했다. 그리고 노인의 손바닥을 살펴보고는 울기 시작했다. 소년은 커피를 가져오기 위해 소리가 나지 않도록 조심스럽게 밖으로 나가서 가는 내내 울었다."

멕시코 만류에는 바다 닮은 노인이 있어

야위고 초췌한 모습 빈 배처럼 쓸쓸한 노인

그 눈빛 바다를 닮아 별 하나를 키웠지

출어의 횟수만큼 나이테를 키웠지만

이제 저 혼자서 주름살도 지워진 바다

그때 그 휘파람새가 노인 그려 운다지
　－「마놀린 이야기」전문

알피니즘의 본령으로

"뭉치면 살고 흩어지면 죽는다"라는 어느 정치인의 한마디를 떠올려 봅니다. 언어예술의 백미인 시조를 쓰는 입장에서는 반대로 말하고 싶습니다. "뭉치면 죽고 흩어져야 산다." 정치와 예술의 인식적 간극이 이처럼 극명하게 다릅니다.

개성personality이란 한 개인이 다른 여러 개인과 구별되는 내적 특질들, 그 총합성의 뜻으로 18세기 말부터 중요한 문제로 대두되어 왔습니다. 그런데 여기, 문학 장르에서도 특히 시조時調는 그 어원이 말해주듯이 어떤 방식으로든 현실을 벗어날 수 없음을 보여주고 있습니다.

107

'다사다난多事多難'한 삶에는 헤아릴 수 없는 스트레스가 쌓일 수밖에 없습니다. 얼마 전 학급 반장을 맡았다는 손주 녀석에게 "스트레스가 뭐지?" 하고 물었습니다. 녀석은 단숨에 "쌓이는 것이요"라고 대답했습니다. 나는 속으로 '옳거니!' 하면서 '쌓이는 것' 중에 꼭 필요한 것을 생각했습니다. 바로 내공內功이었습니다. 내공에 반드시 필요한 자원이라면, 요즘 말로 '스트레스'가 아닐까 싶습니다. 그렇다면 그 '다사다난'한 삶을 겪으면서 내면으로 쌓이는 내공이야말로 우리 글 쓰는 사람들의 체험을 통해 쌓이는 하나의 숙명적 과제가 아닐까 싶습니다. 다사다난의 세월을 살며 즐거운 마음으로 뽑아냈음 직한 허경심의 시구詩句들을 다시 읽습니다.

그래,/ 산다는 건/ 껍질 벗는 일인 거야
　–「이월 떡잎」부분

구월엔 달빛까지/ 나에게 말을 거네
　–「창 열기를 잘했어」부분

그제야 배꼽 보이며/ 떠오르는/ 보/ 름/ 달
　–「솔잎 끝에 보름달」부분

잘 구운 소보로빵이// 엄마처럼 좋았다
　－「보성시장 소보로빵」부분

알았어,/ 터널이란 오래 가지 않는 것을
　－「숲 터널을 지나며」부분

어머니 장화 발길에/ 비켜 피는/ 민들레
　－「엄마의 뿌리」부분

이백 평/ 우영 텃밭은/ 어머니 일기장 같다
　－「어머니 일기장」부분

아직은 신혼 초라/ 할 말이 저리 많다
　－「참새 부부」부분

연북로 내려온 하늘에/ 별도 따라 내린다
　－「퇴근길」부분

　시인이며 산악인인 김장호 교수가 그의 알파인 에세이『손
의 자유, 발의 자유, 정신의 자유』에서 말한 "길이 끝나는 지점
에서 등산은 시작된다"라는 한마디가 오래도록 사람의 정신을

가다듬게 합니다. 남의 뒤만 밟는 모방 학습의 굴레에서 벗어
나야 할 것이기 때문입니다. 길이 나 있지 않은 곳에 새로운 길
을 여는 것, 그것이 알피니즘의 본령인 것처럼, 시조 창작의 길
도 이와 다르지 않을 것입니다. 앞에서 이야기한 '앵무새의 기
침 소리'와도 관련해서 생각할 필요가 있을 것입니다.

구월의 범섬

—

초판 1쇄 2021년 11월 20일
지은이 허경심
펴낸이 김영재
펴낸곳 책만드는집

—

주소 서울 마포구 양화로3길 99, 4층 (04022)
전화 3142-1585·6
팩스 336-8908
전자우편 chaekjip@naver.com
출판등록 1994년 1월 13일 제10-927호

—

* 이 책은 제주특별자치도와 제주문화예술재단의 2021년도 제주문화예술지원사업
  후원을 받아 발간되었습니다.

Jeju JFAC 제주문화예술재단

—

ISBN 978-89-7944-780-4 (04810)
ISBN 978-89-7944-354-7 (세트)